KB261134

쓸모없는 노력의 박물관
리산 시집

쓸모없는 노력의 박물관
리산 시집

문학동네시인선 043 리산

쓸모없는 노력의 박물관

센티멘털 노동자 만세

시인의 말

휴일에 만들어진 맥주는 불량이 많다고 한다.
내 시의 대부분은 휴일에 씌어졌다.

2013년 5월
리산

차례

오드아이

　우리는 말을 했다, 평생토록 뒷마당을 서성이며 허블망
원경만 들여다본 과학자에 관해 육 년간이나 계속되었다는
화산겨울의 암흑과 칠천사백 년 전 해안선을 따라 이주해
온 순다열도의 원주민에 관해 곰과 새와 순록의 소리를 내
며 추는 춤과 자정이 돼서야 어두워지는 여름 툰드라, 벼락
의 빛으로 나아가는 한밤의 항해에 관해 우리는 말을 했다

　우리는 말을 했다, 칼에 꽂힌 양고기를 베어 먹느라 주둥
이가 다 해진 늑대와 피 묻은 입술을 닦으며 생각하는 늑대
의 먼 전생, 왕궁의 성벽 아래 아무도 믿지 않는 계시의 말
을 읊조리던 무녀의 비애에 관해 입술에 입술을 맞대고 맹
세하던 이방의 말들에 관해 칠만 년 된 언어의 마지막 구사
자인 인도인 노파와 그 죽음에 관해 사기와 조개에 이름이
적힌 자는 추방당한다는 패각추방에 관해

　우리는 말을 했다, 패치워크로 감싼 주전자에 두고두고
따뜻한 차를 내려 마시며 우리는 말을 했을 뿐인데, 가슴에
꽂힌 칼날들은 다 어디서 온 걸까 이건 또 무슨 풀지 못한 난
수표처럼 우리가 깨닫지 못한 채 사멸돼가는 고대의 언어인
걸까 우리는 말을 했다, 서로 다른 구석을 그리워하는 멧새
떼처럼 서로 다른 곳에서 온 점령군처럼 우리는 말을 했다

혁명 에튀드

가족이 없는 우리는 우리가 소명을 매일 밤에 소란과 만취 이 도시는 그 성벽 안에 사회 계혁을 절대 아홉 개의 강의는 해로운 것을 무절제하게 건강을 더 나쁘게 어디를 가나 당신은 내 앞에 내가 가르치는 말들은 그 새로운 비도덕주의자들은 산만하고 두서없는 헤겔은 어디에선가 신이 애통해하실 일이다

세계를 정복하는 자유로운 내 작은 마음에는 당신이 행복하다니 자유가 현실의 단단한 누가 옆에서 미친 듯이 지난 일요일은 갑자기 흰 수염의 다른 탁자로 스타일은 심장을 잘 겨냥하여 이것에서 유추해보면 잔다리 아래 우리라고 어느 날 저녁 검열관은 아 사랑하는 정말 사랑하는 어느 날 저녁 문밖에서 그래서 당신의 지난 편지를 제가 선생님께 느끼고 있는 아무것도 마무리를 짓지 못하고 가엾은 꼬마인형이 수많은 지겨운 행사들 가운데도 우리는 맥주 여행을 잠시 중단하기로

일부는 침대나 트렁크에 앉았고 단편소설의 내가 1397년 겨울 전부로 워낙 특별해서 아주 좋은 분이야 집으로 돌아가라 내 시로는 아무것도 하, 하, 하, 사방으로 쓰레기 어떻게 천재를 질투할 수 있는지 나는 날이 갈수록 나한테 편지가 오면 이 묘한 마음의 움직임에 그 작은 집이면 우리가 여기서 어떤 생활을 원한다면 함께 협력하여 약간의 인내심

과 말리지 않은 깃털 침대 가능하다면 4월에 이곳으로 우리
는 한편으로는 자꾸

소유의 공유 이론을 전파하고 이것은 은근히 내 생명을 현
재 배에 승선하고 있는 무자비한 11월의 날씨였다 왜 그 친
구가 계속 필요한지 어설픈 지식과 독선의 결합 나는 곤경
에 처해서 당신의 답변을 우편으로 만일 내 설명이 충분하
지 않다면 나는 가짜 자유주의자들과 터키식 목욕탕을 갖춘
동양식 궁전으로 불행하게도 더할 나위 없는 내 심장에서는
피가 철철 흐르고 마침내 모든 것이 한편으로는

내 병은 늘 마음에서 내가 염려했던 것은 형식뿐 내가 도
달하게 된 일반적 결과 시간이 갈수록 아픈 게 만일 내가 마
음대로 할 수 있다면 그는 아킬레스처럼 젊어서 허무맹랑하
고 무정부주의적인 주장이

나는 습관적으로 늘 뒤에 창문 맞은편과 벽난로 이 아름다
운 사람은 무엇 때문에 나는 이해합니다 그리고 상쾌한 기
분으로 이보다 어려운 환경에서 쓴 둘 사이의 투쟁이 현재
에 걷잡을 수 없는 충동이 넘쳐나는 시와 산문처럼 나는 너
무 괴로워하고 있습니다 이 글이 번역될 가능성은 없습니까
이것은 새로운 사상에 대한 폭풍우가 휘몰아치는 강에서 나
는 슬픈 시간을 많이 겪었지만

이제 바닷가에서 마지막 잔을 부딪치며,

세상에서 가장 아름다운 협잡꾼

1

풍각쟁이들이 노래하며 지나가네 길 잃은 것들 허방을 향해 손을 내미는 밤 나는 일찍이 우수리 강 이북에 살던 사람 뒷산 고사리만 먹기 지겨워 백이숙제가 앞뜰에 지천인 푸성귀를 먹고 채식주의자의 기원이 된 것도 다 보았지 나는 흐르지 않는 샘물을 먹고 목울대에 울혈이 맺힌 사람 시냇물이 끊어진 언덕 나무와 나무에 기대 실을 뱉어내던 여자 무엇으로도 태어나지 못한 것들은 결절이 되었네 길 잃은 것들 허방을 향해 손을 내미는데 뒤집을 마지막 패도 없이 어디로 가나 저녁 어스름이면 눈물겨운 불빛들이 돋아났지만 어디로도 돌아갈 곳은 아니었네 아침에 진 꽃 저녁이면 다시 피고 서쪽 문 아래 오월 잠자리는 삼 일을 죽어 푸른 진주로 산다는데 천지 팔방 해 지는 곳 먼 북쪽의 아주 먼 곳

2

천 개의 거짓말을 모아놓고 하나의 비밀이라 써보았지 먼 곳에서 밀려온 유빙이 생을 다하는 밤 시베리아 붉은여우가 제 냄새를 눈펄에 묻히며 마지막 벌판을 지나가네 그 여자가 가진 천 개의 거짓말을 헤아리는 동안 예언서는 새로 써지고 제단의 불 위로 죽은 자들의 뼛가루는 흔하게 내려앉

았네 천 개의 거짓말을 다 모은 나는 언젠가 그 여자를 만
날 수 있을지도 모르지 천지에 우글거리는 그 여자 어디서
든 만날 수 있을지도 모르네 그럼 나는 나무와 나무를 두드
리며 그 여자 없는 강가 마지막 눈물이나 길으러 가야지 눈
멀어 눈멀어 그 여자 마지막 거짓말이나 돼야지

검정은 색깔이다

시간을 읽는 방법으로는 4997개의 길이 있지만
그건 완전히 다른 식으로도 할 수 있다는 의미다

나는 웅크린 고양이의 눈을 들여다본다
새벽 세시 낯선 고도

상처받은 채로
가책도 없이

지난밤에는 죽은 사람들의 손톱으로 만든 배를 타고
긴 불면의 강을 떠다녔다
처녀들의 노래를 듣고 싶었는데
길 잃은 양과 말을 위해 나 혼자 노래를 했다

두고 온 것도 기다리는 것도 없지만
귀환하는 국경수비대처럼 산림감시원처럼
얼굴을 가리고 황금빛 사막으로나 가고 싶다

일람표와 통계로 가득 찬 서랍에 못질을 하고
작은 황조롱이 하나 머리 위에 떠우고
그곳으로 가면 불면이 완성될 수 있을까
사라져버린 외로운 창자를 만날 수 있을까

바람은 불어 사막을 서성이는 차도르가 펄럭이고
검은 눈동자 속 주홍빛 허벅지
흥청이는 바람을 다 먹을 수 있다면 좋겠지
아무도 배가 고프지 않도록

먼 산에 눈이 쌓이면 독사의 입 냄새가 약해지고
새들의 가슴에 살아남은 들꽃의 씨앗이
모래산을 넘어 먼 곳까지 날아간다

몇 번의 그믐을 더한 어둠
잊혀진 도시를 수십 번 뒤덮을 모래 먼지 속에
뒤적뒤적 이름들을 새겨 넣으며
불면의 시간인지 불멸의 시간인지나 탕진해야지

꽃송이 팡팡 터지는 화승포를 쏘아대며
10월의 혁명이 가고
11월의 혁명이 온다

상처받은 채로
가책도 없이

토리노에 대해 알고 싶었지만
파베세에게 묻지 못한 것들

일천구백오십 년 팔월 토리노의 체사레 파베세는 자신의 수첩에 적힌 이름 하나 둘 셋 넷에게 전화를 걸었는데 돌아오는 대답은 한결 같았네 "꺼져" 그래서 그는 그렇게 했다네

처음엔 낡은 엘피를 전문으로 파는 상점에서 도어즈 혹은 넥스트 두번째 길모퉁이 서점 한낮의 우울이라는 제목 따위의 책은 말고

그저 무심히 긴 머리칼을 쓸어 넘길 때 희게 드러난 목덜미를 한 번 본 것뿐인데 바람이 불면 누군가는 목이 붓고 미열에 시달리네

마지막이란 말은 말자 생크림으로 만든 파스텔 여백이 많은 흰 공책에라도 마음을 빼앗겼을까 코카 이파리 날리는 저녁에

흰 소들이 어슬렁어슬렁 들판을 돌아오네 늙은 연금술사의 파오에서 푸른 연기가 피어나네 낡은 화덕은 쉼 없이 풀무질을 하기 좋았고 무쇠솥에 그을음은 자랑처럼 깊어가네

이미 있던 외경을 지나 이미 있던 의문문과 이미 있던 암호문을 지나 따로 또 같이 섞여 끓고 있네

　새로이 방황하는 저기 새로운 방황하는 화란인 새로이 귀
환하는 저기 새로운 귀환하는 그리스인

　뭐라도 좋을 이름들의 이름들 따로 또 같이 섞여 부글부
글 끓고 있네

　A의 가각본 B의 약사 제사기의 제四기, 뭐 다 그렇고 그
런 거라네

그리워라 애니 로리

　말하자면 나는 옛날 거닐던 강가 안개와 바람을 먹이는
한 마리 검은 짐승 제 발자국 안에 제 발자국을 세기며 걷는
천천히 눈멀어가는 저격수, 함께 나부낄 깃발 하나 없이 혼
자 펄럭일 때면 먼 기항지를 향해 암부호를 타전하는 퇴락
한 적성국가의 스파이

　석양이 깊어지면 갈매기 잠드는 술집 데킬라 병 흔들며
불춤 추는 과묵한 바텐더가 되고 싶었지, 낡아빠진 난수표
를 말아 담배를 피우며 33과 3분의 1 빠르기 턴테이블 돌리
며 그리워라 애니 로리 흘러간 결사의 노래나 흥얼대는 말
하자면, 나는 흰 머리칼 애니 로리 옛날 거닐던 강가는 옛
날에 다 잊었지

블로뉴 숲의 용의자들

지난밤 나는 그 숲에 있었다

매꽃 하얗게 헝클어진 덤불에
반쯤 파먹힌 눈알이 뒹굴고
부리에 피를 묻힌 검은 까마귀가
먼 강을 향해 날았다

매꽃 이파리 관을 쓴 어여쁜 나는
두 팔을 하늘로 치켜들고
당나귀가 눈먼 아침을 몰고 올 때까지
맨발로 춤을 추었다

먼 곳에서 침묵하던 흰 수염의 귀뚜라미
바람도 없이 나부끼던 측백나무 이파리들

지난밤 내내 나는 그 숲에 있었다

최고 타입의 구식으로 빚은 술이나 한잔

세상에는 참 많은 종류의 술이 있어 그걸 다 모으자는 건
아니지만
유리장 속에 오 분 전의 술들을 넣어두는 건 오 분 후에
도 남을 내 취미

예전에는 홀엄씨들이나 술을 빚었다는데
그녀들은 제 몸이 통째로 들어갈 아궁이에 밤새 불을 지
펴 술을 내리며
활활 타오르는 불길 속으로 들어가 같이 타오르고 싶진
않았나 몰라
제 피를 찍어 제 몸에 딱 맞는 제단을 그리고 번제라도 올
리고 싶진 않았나 몰라

저기 사마르칸트에선 아이가 태어나면 포도주를 빚었다가
그의 결혼식 날 꺼내 마신다는데
쓸모없는 노력의 박물관 어디쯤엔 아무것도 잉태하지 못
한 술도가가 있어
맹렬히 발효중인 술들은 오 분 후의 쓸모없는 유리병이 될
지도 몰라 그럴지도 몰라

위대한 존재의 명을 받아 세상의 모든 것들에게 이름을
붙여주던 인간은
자신만 짝이 없는 걸 깨닫고 문득 외로워져 말했지

―그러니 내게도 짝을, 오 분간만

위대한 존재는 늑대를 짝으로 주며 대답했네
―네 짝이 느끼는 모든 기쁨과 슬픔을 너도 똑같이 느끼
게 되리라, 오 분간만

오 분 전의 배가 오 분 후의 바다를 표류하네

설탕을 넣지 않은 술을 마시며 끄덕끄덕 고개를 끄덕이
는 밤이네

떠나기 전에 수평선을 다 넘기 전에, 오 분간만 더

최고 타입의 구식으로 빚은 술이나 한잔 더

장고 라인하르트氏

유리병을 만드는 여자가 처음 이 거리에 왔을 때
그 여자의 집 벽과 내 집의 벽에 빨랫줄을 이어준 적이 있
었다
그때는 그것이 내 일의 전부였고 아직 어두워지기 전이
었다

나는 집으로 돌아간다

허공 속에 오래 머물며 이쪽과 저쪽의 줄을 이어주고 싶
지만
어둠이란 너무도 쉽게 줄이란 줄을 지워버리는 것이다

줄이 보이지 않는 밤이면
자화수분하는 꽃과 휴화산과 자웅동체에 관한 필름을 보고
그레고리력과 혁명력 농부와 유목의 달력에 관한 글을 읽
는다

그렇지만 자꾸 배가 고파

어딘가 따뜻한 음식을 파는 식당이 있으면 좋겠네
어딘가 밤새 환한 거리가 있으면 좋겠네

배가 고파지면 따뜻한 음식을 하는 식당에 들러

오이와 부추를 넣은 만두를 먹거나
낙지와 당면을 가득 끓인 뜨겁고 매운 국물을 먹어야지

가끔은 내가 좋아하는 곡조를 흥얼거리며
카페의 한구석에 앉아 있을 수도 있겠지

단지 그뿐이다

어딘가 밤새 불을 켜놓고 있는 거리가 있다면

바람이 부는 밤이면 누군가 떠난 창문 저편
아직 거둬들여지지 않은 줄들이 허공에서 운다

검은 레이스 모자를 쓴 여자들이 대롱을 불어
곧 깨어질 유리병을 부풀리는 동안

허공에 매달린 것의 흐느낌을
보이지 않는 것의 뒤척임 소리를
나 혼자 다 듣는다

내가 불멸인가

너바나

언덕을 넘어 외곽으로 가는 마지막 전차의 종소리도 그친
자정이면, 세상에서 가장 외로운 입술을 가진 남자와 세상
에서 가장 쓸쓸한 손톱을 가진 여자가 모여드는 자정 너머
술집에 불이 켜지지

누군가와 어깨를 걸고 먼 곳에서 먼 곳으로 가고 싶은 한
쪽 어깨가 기울어진 남자와 금이 간 청동의 술잔에 제 손금
을 비추어 보는 여자가 있는 그곳에는, 유효기간이 지난 달
력을 찢어 불이 꺼진 화덕에 불씨를 살리고 밀봉된 병 속의
시간을 헐어 작고 단단한 주전자 가득 끓여내는 뜨겁고 진
한 국물이 있지

지금 막 일인분의 따뜻한 음식을 사기 위해 어두운 계단
을 내려가는 남자와 뜨거운 김이 오르는 노점 식당 앞에 서
서 청어 향수가 뿌려진 손수건으로 지워지지 않는 이마의
허기를 닦는 여자

멀리 가는 밤새들 울음 우는 긴 모퉁이 지나 자정 너머 술
집에는, 낡은 앨범 속 램프에 그을린 가수의 목소리 흥얼흥
얼 타오르는 자정 너머의 화덕, 오래도록 식지 않을 한 스
푼의 온기가 있지

쓸모없는 노력의 박물관

　그 박물관에 걸쳐진 코카사스 산맥 가슴팍에는 백야가 출
렁이고 골짜기마다엔 흑야가 깊었지 보랏빛 유리알 샹들리
에 불빛으로 앵두주와 체리주가 익어가던 시절 쿠바 축음기
안의 밥 딜런과 존 바에즈는 아직 사랑을 하고 검은 모래 해
안가 로큰롤 가수는 은빛의 징을 번쩍이며 노래를 불렀지,
까만 턱수염의 사서가 조는 밤이면 스파트필름 이파리 속
풍경은 더욱 느리게 돌아갔어 잠 깨어난 마법 등잔 속 지니
가 어깨를 흔들며 긴 숨을 쉬면 지니의 숨결 속에는 작고 검
은 꼬리요정이 살아 밤새 책 위를 술잔 위를 날아다니며 길
고 진한 그림자를 새겼지, 산초나무 여린 이파리 폴리셔스
그늘 속으로 하롱하롱 지는 달과 쇠의 공항 2046 게이트를
지나면 델피의 부서진 바람이 불고 교토의 산산한 봄이 피
었다 지는 박물관이 있지

에곤 실레 나비 3악장

당신의 속초여자가 되고 싶었지 그리워만하기도 애처로워 그리움에 관한 세상의 통속한 말들을 모두 다 합친 게 바로 속초여자인 그런 속초여자가 되고 싶었지 눈이 오면 어스름 눈 속에 내리고 비가 오면 빗물에 몸 섞어 당신 어깨뼈를 다 적시고 초록 팔찌에 매달린 두개의 나뭇잎이든 나뭇잎맥에 새겨진 은빛의 의자든 그 무엇이든 되어 다시 당신에게 닿고 싶은 그런 속초여자가 되고 싶었지 당신의 선잠 속 먼지 낀 거미줄에 살아 무심한 바람에 허랑허랑 찢겨져도 좋았지 이제 얼음 섞인 눈발은 한량없이 쌓이고 진눈깨비 폭설 어디쯤 속초는 파묻혔나 억새로 엮은 비뚜름한 다리 건너 한 줌뿐이라도 한숨뿐인 당신의 속초여자가 되고 싶었지

가을 부석사

　금 간 선글라스를 끼고 915번 국도를 달렸었다 저물도록
일주문만 바라보다 돌아온 길, 끝없이 늪 속으로 가라앉아
뜬 눈이며 입안으로 진흙들 스며들어 숨을 뱉는 일 들이마
시는 일 눈을 깜박이는 일 입술을 달싹이고 목젖을 울리어
무슨 소리라도 만들어내는 일 모든 일들이 피를 말리지만
놓을 수 있는 건 아무것도 없었다 미안하다, 끊임없이 귓가
를 울리는 건 저무는 가을날 장삼 자락을 휘날리며 두드리
던 법고 소리 하현달 당간지주 사이로 불고 가던 바람 소리
사과나무 풀숲에서 울던 가을벌레 소리들 미안하다, 어젯밤
꿈속에는 추수가 끝난 들판 한량없이 서 있던 뒷모습이 보
였다 반쯤 허물어진 폐가 시간제 버스를 기다리며 수그리
고 앉아 있던 온통 그늘뿐이던 국도변 마을, 미안하다 내려
놓을 수 있는 건 아무것도 없었다 눈 감아도 감지 않아도 또
렷하게 되살아나는 붉게 노을 지던 산 돌려받고 싶었다, 단
하루 가을 부석사

겨울 전부

내가 떠나온 그 밤에 폭설이 시작됐다는 말을 들었다
누가 눈보라 치는 들판에 불을 놓았나
눈꽃과 불꽃 사이를 날아다니고 있을 겨울 까마귀들

평생 그곳을 그리워했지만 다시는 가지 못한 채 눈을 감
았다
지나온 날들을 생각하며 같이 웃고 울기도 하다가
다시 만난 기쁨에 손을 꼭 잡고 행복해하였더라
두 가지 버전의 이야기 사이로 능동과 부정 수동과 긍정
사이로 나부낀다

눈이 오지 않던 눈의 땅 눈보라 눈보라를 기다리며
올 것이다 오지 않을 것이다 한 잎씩 떼어내던 꽃잎 점 이
파리들

안개 낀 국경을 넘어가는 야간열차의 불빛을 바라보며 하
루 한 번
한 바구니의 홍합과 꽃가루가 점점이 떠 있는 맑은 차를
구하기 위해
거리의 끝으로 갔었다

그런 어떤 밤이면 길을 잘못 든 고라니들은
산기슭으로 난 도로를 따라 숲으로 돌아가고

나는 거리의 끝으로 향하는 지방도로 그 길의 한가운데
전조등도 상향등도 없이 문득 멈추어 서 있곤 했다

어둠의 빈틈을 메우며 어둠과 한 덩어리가 되어 서 있던
그때
귀신이 귀신을 알아보는 밤이 있었다

종일토록 혼선되던 전파도 툭 끊어지고 밤이면 정적만이
송출되던 단파 라디오 소리
제각각 제 모국어로 말하는 그곳의 이름을 칠흑의 전부라
고 발음해보는 밤이 있었다

길이 끊어진 곳에서 다시 길을 그리며 떠돌던 그때 겨울
전부

어느 날 삐아프와 꼭도가

두런두런 말소리 담장에 번지는
저녁 골목을 지나네
꼭 한번만 들어가 살고 싶은 담쟁이넝쿨 집엔
누가 사는 걸까 불빛 하나 없이
컴컴한 창문가를 서성였네
내 이름을 부른 적도 없는데

흙길에 난 발자국 속으로 스미는 눈 물
돌아보면 지나온 길들은 어쩌자고 그렇게 아름다운지

마다가스카르의 눈 내리는 밤 따위는
다시 오지 않겠지만
그래도 어딘가 있을지 모를 그런 밤을 찾아
그런 밤 오래된 호텔에 묵었을지 모를
늙은 여가수에게 장미꽃을 바치는
마지막 팬이 되어
서글피 우는 사내의 블루스가 되어
이제는 울지 않는 작은 새나 울어야지

북쪽엔 눈이 있고 남쪽엔 해가 있다는
캐러멜 초콜릿 봉봉 같은 말들
어슬렁거리기 좋은 모퉁이를 찾아
속절도 없이 시시한

건달이나 돼야지

천사의 날개로 만든 기타를 들고

굿바이 코케인 굿바이

다섯번째의 노래가 시작되자
우리는 어깨를 두 번 흔들었다
언젠가 몸에 돋아 있었을
천사의 날개로 만든 기타를 들고

가만히 가만히 발기하는 등 뒤의 기억들을
천사의 날개로 만든 기타로 추억하며

허공을 향해 트럼펫을 부는 남자와
붉은 배경 속 혁명가 레닌과 황혼의 집시 킹스
행복한 빌리와 영국의 촌뜨기 네 명과
절대로 지지 않는 나뭇잎과
차가운 밀러 몇 잔과 그리운 이름과
또 그렇게 우리는 살았지

허공의 어디쯤을 바라보는지 궁금했던 그 남자는
똑같은 포즈로 트럼펫을 불고 있고
그 여자의 행복한 미소는 여전하지만
신열에 들떠 나쁜 무지개를 찾아 헤매던 청춘은 지나가고
호텔 노르망디 창가 녹슨 총은 삭아내리네

나뭇잎 무성히도 우거질 탁자는 아직 남았지만
사진 속 웃고 있는 영원한 촌뜨기처럼
마지막 이파리를 그려 넣으며
이제는 이렇게 말해야 할 시간

굿바이 코케인 굿바이

내 고독도 내 자유도 내 혁명도
여기 우두커니 세워둔 채로

굿바이 코케인 굿바이

인디 시인에게 무상급식을

은빛으로 빛나는 돔 아래 작은방에 있는 듯했지
세계의 지붕에 관한 책을 읽었는데
저기 어느 나라에는 지붕 마이스터라는 직업도 있다 하네

나는 무슨 애이불비의 마이스터가 되어
휴가의 마지막 밤 센티멘털 노동자들은 어떤 노래를 듣나
태생이 계면조인 심수봉의 백만 송이 장미를 듣는 밤
이제는 문을 닫고 추억 속으로 사라져간
배고픈 저녁이면 찾아가던 밥집과
화덕에 불을 피워 음식을 내던 식당과
지난해 마지막 눈을 바라보던 나무 창문 안 자리와

나는 무슨 측은지심의 마이스터가 되어 생각하네
미열에 시달리는 토요일 저녁
서랍 속 마지막 아스피린도 떨어지고
으슬으슬 해열제를 찾아 거리로 나서면
세상엔 온통 어디론가 전화를 거는 사람들 사람들

그럴 때 당신은 어떡하나
나는 무슨 센티멘털의 마이스터가 되어
불멸의 좌파에게 맥주를 부어주던 밤들이 자꾸 생각나
테이블에 올라가 장미꽃 마술을 부리던
모나리자의 얼굴에 수염을 그려 넣던

아무것도 아닌 자들의 아무것도 아닌 고독이

비무정 비슬픔 비애인 셀라비

테일러주의자들

버려진 후궁처럼 궁궐의 후원을 걸어봐도
텅 빈 모자 속을 휘젓는 마술사의 심정으로
평일 오전 도심을 배회해봐도 아무것도 달라지진 않을 것
이다

등 뒤에 두고 온 컴퓨터 속의 문서들과 전화벨 소리와
대답하고 싶지 않은 물음들

내일이면 나는 다시 800번 라인에 서게 될 것이고
600번 라인에도 가게 될 것이다
900번 라인에는 말할 수 없는 심정으로
오방색으로 치장한 안경을 쓰고 가지만
—그곳에 갈 때 나는 그렇게 한다
최근에는 지나간 서울의 봄에 보았던 것을 보았다
잠시라도 품에 안고 싶었나
무엇으로도 도취되지 않는 날들

좀처럼 끝날 것 같지 않은 하루치의 노동을 끝내고
빈방으로 돌아와 책꽂이 사이 술병을 찾아내는 센티멘털
한밤중 시를 노래하는 것은 크게 상서롭지 못하다는
언젠가 읽었던 산림경제 국역본의 글을 다 믿진 않지만
시도 아니고 노래도 아닌 혼잣말이나 중얼거리네

청계천은 내린천 내린천은 타호강 타호강은 북한강

네가 크레타 사람이라고 할 때

클라라에서 내가 한 일은 오른손으로 이마를 짚고 책상에 앉아 창밖을 바라보는 일 몽소 사막에서 너는 보도블록과 보도블록 사이로 빗방울이 스며드는 걸 지켜보고 히말라야의 너는 왼편 어깨 뒤로 고개를 돌리고 웃는 표정으로 벼랑에 앉아 있는 일을 한다 그럴 때 종각역 장통교 아래 고인 물은 크레타의 강물이 되고 옛 이스파한의 광장이 된다 자오선이 우리 손바닥의 실금을 한 칸 더 늘리면 우리는 담쟁이가 커가는 방향을 바라보는 일과 천 개의 전화기를 바라보는 서로의 일을 바꾸어 한다 이마를 짚었던 손을 내려 새벽의 담벼락에 천사를 그리고 여행하는 수리공이 되어 이름 없는 도서관을 찾아 나선다 그럴 때 나는 먼 데서 온 구름 신의 사랑을 위해 꽃을 투척하는 시위대 수정의 밤을 질주하는 야경꾼 그럴 때 나는 너 너는 내 맨 처음의 시가 된다

수용미학

바야흐로 꽃피는 봄날이었을 것이네

전란을 피해 변방을 떠돌던 두보가 권주가 한 수를 지어주
고 얻은 진달래화전을 식솔들과 나누어 먹네

물랑루즈를 나온 로트렉이 비 오는 몽마르트르 성당 앞
에서 무희의 초상과 바꾼 한 병의 포도주를 병째 마시고 있
을 때

거리의 사당패도 못 되고 황실의 악사도 되지 못한 백결
선생이여, 거문고를 뜯어 방아를 찧네 빈 방아를 다 찧고 나
면 또 무엇을 하나

레이먼드 카버氏의 장점은 땅, 권총소리가 날 것 같은 장
면에서 그런데, 라고 말하는 것, 아슬아슬 경계를 피해 가는
것 그걸 미니멀리즘이라고 한다지만

당신과 함께 우연히 보게 된 어떤 드라마에서도 선(線)에
관한 이야기가 나왔지, 마음을 끄는 한 여자의 발밑에 선을
죽 긋던 남자

가령 난 구부러짐이 심한 비탈길을 운전하게 될 땐 자주
선을 넘어, 외곽의 도로일 뿐이고 어쩔 순 없지

그런데 그 난리 법석을 넘어 두보의 시는 어떻게 후대로
전해졌을까 궁금해지는

바야흐로 꽃 지는 봄날이네

강물 속으로 걸어 들어간 이백의 술은 강물 한 통에 몇 줌
의 달빛을 달여 만든 것

달은 구름에 갇혀 보이지도 않는데

나는 배꽃술이나 한 통 마시고 싶어

후추술 창포술은 어떨까

어지러이 책장에 넘치는 책들을 모아

제(祭)를 지내듯

신묘한 맛의 술 한통과 바꾸고 싶네

봄날이 다 가도록 배꽃술이나 치며

봄날이 다 오도록 배꽃술이나 담그며

그냥 그랬으면 좋겠네

봄날이 다 오도록 배꽃술이나 담그며

국경 트레일러 남쪽

병 속에 남은 마지막 지폐를 꺼내
말린 생선과 마가목 열매로 빚은 술 몇 통
유황 냄새 진한 성냥을 샀어

세상 저쪽은 안개가 깊어
망설이며 떠나던 누군가는
지연되는 편도행 승차권을 찢어버리고
잠결에도 기다리는 품속으로 되돌아오기도 하겠지

영영 결항된 채로 담담해질 이름을 생각하며
읽지 않은 편지에 성냥을 당기고
오래 세워두었던 낡은 트레일러 가득 기름을 넣었어

찬바람 들던 지난 꿈속 내내 늑대가 울고
나도 같이 울기도 했지만
차바퀴를 뒤덮은 풀씨들을 뽑아 허공으로 날려주고 나면
마지막 기름이 다하기까지 나는 어디로든 가게 되겠지

이제는 멸종된 크리스마스 섬의 미물들과
새로운 달이 떠 있는 강물에 몸을 씻는 거대한 코끼리
잘린 애인의 목을 돌려받아 몽마르트르 아래 묻었다는 그
여자가 사는 곳

숲으로도 도시로도 닿지 않은 그런 곳으로 가고 싶어
거기 그들이 살아도 살지 않아도
천천히 돌아오고 있을지 모를 무엇을 기다려
경적 소리 울리며 가고 싶어

바람은 다시 북북서로 불고
꿈속에서도 그치지 않던 눈발
국경수비대의 마지막 겨울 거리
마지막 눈길이야

서쪽의 국경수비대

숫자 1은 0을 불문에 붙이는 것으로 시작되었다고 했다
다만 부재하는 모든 것으로 밤은 시작된다고 나는 말할
수 있을까

목소리가 그리운 날에는 혼잣말을 한다

눈을 감으면 시공을 날아가는 흰 침대 속 부겐빌레아 꽃
그늘
물 항아리를 들고 섰던 1939년 코르도바의 처녀는 어디
로 갔나

생의 한때를 끓고 있는 주전자를 보면 생각난다
터키인 가게에서 산 전기 포트로 국경의 도시에서 끓여
먹은 국물 맛
내 구식 축음기에서는 되돌려지지 않는 영화음악들

여름 어스름이었는데 사람들은 가죽 점퍼를 꺼내 입고
비 오는 거리를 지나 어디로든 가기 위해 서두르고 있었지
여름옷뿐인 가난한 여행자들은 덜덜 떨며 빗물 젖은 이
정표를 읽었네

무엇이 그렇게 길 위를 서성이게 했는지 묻지는 마
맨 처음 하나였던 알은 두 개로 갈라져 땅으로 던져졌고

늪 속에 빠진 반쪽은 찾을 길이 없어
길 위를 헤매며 늙어만 가네

이제는 하루분의 먹이를 다투던 수컷들도 먼 초원을 응
시하는 시간
목마른 밤이면 아무렇게나 맺힌 들판의 열매를 먹고 지나
온 길들은 다 잊었네
두고 온 정원도 없이 기다리는 고양이도 하나 없이 여기
선 나를 위해
박수를 쳐봐

맥주 여행

머리 검은 짐승들의 말소리를 들어주느라 내 말들은 다 잊
었지만 그래도 잠시 쉬고 싶었지 네 벗은 가슴속 얼굴과 어
깨 사이 허벅지와 허벅지 사이 너의 미덕은 이름이 무엇인
지 어디서 왔는지 묻지 않는 것 고단한 길섶에는 등을 타오
르는 풀잎들 무정한 가시에 찢긴 이파리는 말문 막힌 것들
말 못 하는 상처나 싸매주고

모자와 옷을 만드는 여자를 평생 사랑했던 남자는 언제나
무엇인가 남아 있다고 쓸 수 있었지만 보이지 않는 모자와
담배를 질투하며 폭풍의 시절이 갔네 고로 나는 존재하네
보이지 않는 상처에 시달리며 말라비틀어진 뱀들의 허물을
젖은 수풀 속으로 던져주며 숲 안쪽으로 안쪽으로 날아가는
매의 길들여지지 않은 날갯짓을 바라보며 언제나 차가워야
좋지 길은 이토록 남아 있네

화절령

먼 곳에서 돌아온 당신은 먼 곳의 웃음을 닮아 있었지

그런 웃음을 웃을 수 없는 나는

동동구루무를 바르고 거울만 바라보네

동동구루무가 다하는 날 봄도 다 가고 말아

나는 석양처럼 저무네

가슴에 맺힌 씨앗은 툭툭 뱉어 시름도 없이 말려야지

잘 마른 씨앗은 동동구루무 빈 곽에 넣었다

오지도 않은 봄이 다 가는 것 같아 철없이 아픈 날

노란 꽃 이파리나 한없이 그려야지

노란 꽃 이파리 넝쿨넝쿨 피어나 함께 흔들리는 곳

그곳으로 봄은 또 올는지

황산의 먹 만드는 사람

산벚나무 그늘 밑 밤이 있었나
무엇인가 내게 안겨왔던 것도 같은데
우리 마냥 희었던 그때

괜찮다 다 괜찮겠지
나는 내 별자리 아래 서 있을 뿐이니
바람 소리 빗소리가 그리우면
꺼지지도 살지도 않는 불씨를 뒤적이며
밤을 잊었네

첩첩 어둠이 밀려들 텐데
핏빛 달빛 웃자란 열매들 떨어지고
송화 골짜기는 구름바다 속으로 사라지네

바람이 불지 않아도 나무가 흔들리는 건
산이 우는 까닭이지
산울음 울음소리 나무 그늘 밑을 맴돌면
산벚나무 꽃잎에 먹먹히도 물든 내 먹빛들 있음을

양계(兩界)의 금(禁)

거문고 여섯 줄을 다시 매어 비단 주머니에 넣고
지난봄의 노래 한 수를 생각하며 잠긴 문 앞을 서성였네
다 부르지 못한 노래는 산버들 울타리 아래 묻으니
소멸의 즐거움에 함께할 미물들이여 안녕히

누구는 귀로라 하고 누구는 출행이라 일컬은 외길을 가네
어둠은 급히도 찾아와 길 위에 당도하겠지만
막 이울기 시작한 석양빛은 눈이 부셔라
흐려진 등 뒤로 내리는 그렁그렁한 눈발들
애이불비 애이불비 내 발자국을 지우네

눈 덮인 언덕 너머엔 감자꽃이 만발하다 했지만
그 멀리로 편지를 적는 밤이면
밤하늘과 맞닿아 나부끼는 희디흰 갈기
아득하여라 먼 바다 파도 같아만 보였네

당신을 그리워하기 위해 나는 더욱 먼 길에 서 있으려니
용서하길 당신이 성 안으로 돌아온다면
나는 당신에게 편지를 쓰지 않으리

게리 무어의 피드백 주법을 위한 연주 독본

비보호 좌회전을 일삼던 마음도 직진을 하던 마음도 다 진
심이었습니다만

교차로 신호등이 너무 많아 어느 순간 가속페달을 밟아야
하는지 갈피를 잡을 수 없었던 것도 사실입니다

운전을 하면서 당신의 음악만을 리플레이 해서 듣는 까
닭은 차 안에 있는 단 한 장의 음반에 불과하기 때문이지요

피드백 주법으로 연주되는 곡들을 들으며 다음 또 다음 곡
에 이를 때까지 직진만을 하고 싶었지만

진땀이 나는 손은 자주 핸들을 놓치고 크기가 잘 맞지 않
는 신발 속의 발은 액셀러레이터인지 브레이크인지 두 개의
페달 위에서 헛발질을 할 수밖에 없었던 겁니다

끊어질 듯 끊어지지 않도록 연주할 때의 당신 눈빛이 언
제나 궁금했습니다

부들부들 몸을 떨며 환호하는 눈길에 중독된 늘 해시시에
취한 듯한 무대 위의 당신

원본을 되받아 증폭시킨다는 피드백 주법처럼 무대 아

래 선 나도 당신을 조금씩 뜯어 말아 피워보고 싶었던 겁
니다만

　증폭된 것이 아무리 진하고 오래간다 한들 원각본만 하겠
습니까 더구나 교차로에 서 있는 당신과 나 보통명사로 전
락한 지 이미 오래인걸요

벨벳 언더그라운드

하얼빈 하바롭스크 헤이룽 강,
밤새도록 지구본을 돌리며 겨울 안개 속에 떠오르는
자오선 너머의 이름을 읽어본 적이 있는지

안개에 홀린 저격수는 생각에 잠겨 어디론가 퇴각하고
날짐승 우는 강둑에 앉아 이리저리 맞추어보는 해적방송
의 주파수

골짜기 저편 분수광장에 새로 문을 연 노천 카페와
황금 가면을 쓰고 황금 골무를 낀 손가락으로 꽃가루를
뿌려대는 사람들
스타카토 웃음소리 목소리가 들려

강 건너편에서 독미나리 즙에 버무린 바람 몇 타래 불어
오고
흰 깃털에 부리를 묻고 우는 갈가마귀 울음소리

내 핏줄을 찢어 검은 핏방울로 네 깃털을 물들여줄게, 이
제 그만 울겠니

강물에 담근 머리칼 사이로 칭칭 감기어드는 물뱀과
지친 부리를 가슴팍에 묻고 가쁜 숨을 몰아쉬는 병든 새들
흘러가라 발끝을 밀어주는 물풀들 모두 모여 불이나 쬘까

강둑에 앉아 있기 좋은 시절이 아니라고 더듬더듬 너는
말하지만
하얼빈 하바롭스크 헤이룽 강,
강둑을 떠나기에도 좋은 시절이 아니라고 언젠가 나는 말
했겠지만
그건 오래된 부족의 곡조만 남은 노래 같아

불이 꺼지고 안개가 걷히면 푸른 어둠
흘러가고 남겨진들 서로 엉키어 썩어가는
하얼빈 하바롭스크 헤이룽 강,
고개를 저으며 돌아온 저격수가 천천히 총구를 겨누는 이
곳은
하얼빈 하바롭스크 헤이룽 강, 어디

국경수비대
—무어인의 달력

1. 사수자리 남자

내가 마지막으로 태양의 도시를 떠나던 날
너는 종려나무 우거진 정원
검정 물방울 붉은 물결 드레스

네가 두드리는 캐스터네츠 소리를 들으며
나는 물의 길을 다 걸어 물의 항구
가장 아름다운 한 척의 배를 타고
축제의 나날을 떠나왔지

다시 잊을 수 없는 태양의 날들이 오래 계속되고
너의 정원 가득 알로에 흰 꽃이 피어나거든

기억해다오, 내가 지나온 일곱 개의 능선 너머
무어인의 산맥에도 흰 눈이 내리고 있음을

2. 담배 공장의 카르멘

그때 나는 탕헤르가 보이는 오래된 항구 석양보다 더 붉
은 히잡을 쓰고 흑밤보다 깊은 눈동자 은주전자를 반짝이게
닦던 그 여자였는지도 몰라

주점의 등롱불 밤새 깜박이고 주술처럼 피어나던 잎차 향
내 손바닥에 새겨진 나침판을 더듬으면 석류의 별자리에서
흔들리던 태양선(船)

그 여자의 희미한 빛 속으로 스며들어 녹슨 몸 누이는 것
들 기울어진 가슴을 쓸어주며 헐한 입술을 적셔주며

그때 나는 타오르는 사육제의 날들 오 레이 오 레이 캐스
터네츠를 두드리며 샹그릴라 잎담배를 말며 탕헤르 탕헤르
를 향해 가던 재투성이 그 여자였는지도 몰라

3. 흰 비둘기가 돌아오는 시절

당신과 내가 만나지는 밤이 있다

벽에 걸린 자명금 속 일곱 개의 낡은 현이 저절로 울리고
먼지 낀 주크박스가 색색의 전구를 반짝이며 연주를 시작할
때 자작나무 껍질에 꾹꾹 눌러쓴 말들을 산탄총에 장전해
쏘아 올리는 밤이 있다

저기 오색의 타르쵸를 펄럭이며 설산을 넘어가던 야크의

무리가 한 잔의 잎차를 마시며 푸른 깃털 담요를 펼치면 서
리 낀 철책에 피어난 동백꽃 위로 뚝뚝 지는 진눈깨비 사막
을 횡단하던 집시 여자의 손바닥 위로 타타르의 별 아래 피
어난 희디흰 양파꽃 한 이파리가 문득 얹혀질 때

　　수신되지 못하고 떠돌던 모스부호들이 별처럼 쏟아지는
정박지의 밤이 있다 당신과 내가 세상 끝에서 타전한 침묵
의 변주를 듣게 되는 밤이 있다

호탄의 도적이여,
강은 얼어붙고 말은 지쳤으니

1

모래 폭풍이 몰아치는 밤에는 호탄의 도적들이 출몰한다
고 한다

국경수비대와 술 취한 운전사만이 모여드는 국경 근처의
눈 도시처럼, 금과 야크 사냥꾼들이 웅크린 모래 속에서 모
래의 베개를 베고 꾸는 꿈은 깊고 불안해

모래 구름이 웅크린 순결한 산기슭에는 스물세 개의 마른
호수와 유령처럼 벌판을 가로지르는 야생의 야크들

누군가 죽으면 야생의 동물들에게 육신이 다 파먹히도록
영혼은 남아 새로 거주할 육신을 찾아 어둡고 낯선 곳을 헤
매지

돌멩이로 쌓아올린 산에 돌멩이 하나를 더 올려놓으며 또
다른 간절한 돌멩이를 주머니에 넣고 가는 먼먼 모래의 땅

2

처음 그 강을 건널 때

말과 말잡이들은
외줄에 몸을 묶고 건넜다고 한다
그후엔 강철로 만든 흔들다리가 생겼다는데
이제는 아무도 외줄에 의지해
강을 건너지는 않겠지만
핏속을 흐르는 기억의 강물 속으로
누군가 하염없이 추락하고 있네
그런 강은 아니지만
강물이 얼어붙는 걸 지켜보고 있었지
눈보라에 취한 말잡이처럼
강물 건너 어디쯤엔
그리운 이의 집도 있었던 것 같은데
짧은 해가 지고 나면 깜깜절벽 눈 벌판
아무도 없는 길이라는 걸 알고 있지만
한밤이면 외줄 타는 광대처럼 외로워져
강철로 만든 외줄도 흔들다리도 없이
겨울 내내 피어오르는 화목난로 연기는
다 어디로 건너가나 애태우며 애태우며
강물이 얼어붙는 걸 지켜보고 있었지
소금 같은 별무리는 강물 속에 빛나련만
강은 얼어붙고 말을 이미 지쳤으니

3

오늘은 여기서 일박(一泊)

국경수비대
—흉노의 여자

울리지 않는 무적신호를 기다리며 하루가 저무나

남쪽 섬 몽돌들 길게 뒤척이는 밤이면
야광 빛 술잔 가득 일렁이는 파도 소리

낙타 뼈를 갈아 만든 목걸이에서 이는 모래바람
돌들의 메아리가 들렸지

누가 또 서쪽으로 난 벽에 돌을 던지고
흰 모래산 지나
먼먼 파미르고원을 넘어가는지

돌들의 메아리가 치면
모래산 우는 사막 너머
튤립 피는 초원으로 갈 수 있다 했지

안개나무 아래 키 작은 풀포기들
가만히 우는 사리 때

푸르게 돋아난 해초 이파리를 밟으며
말갛게 눈물 씻긴 몽돌 밭을 맨발로 서성이는 여자

붉은 겹 나비 치마를 펄럭이며 서 있는

저기 흉노의 여자

국경수비대

크리스마스로즈가 있는 창가에서 본 이월의 국경은 눈 천
지입니다

며칠째 눈보라는 노간주나무 문짝을 부술 듯 사납게 휘
몰아치고

나는 누군가 두고 간 빛바랜 푸른 담요를 뒤집어쓰고 눈
발들 웅웅대는 소리를 듣습니다

덧문 뒤에 쌓인 눈더미를 치우며 바라보는 국경은 나날이
경계가 흐릿합니다

어제는 눈 속에서 국경을 넘는 크로넨버그 1664형 낯익은
자동차를 보았습니다

나는 흰 꽃 이파리 하나를 따서 손가락으로 오래오래 문
대며 서쪽으로 난 자동차 바큇자국이 쉼 없는 눈발에 완전
히 지워지는 걸 보았습니다

가끔은 무지갯빛 햇살이 숙소의 안쪽까지 스며들기도 합
니다 어딘가 남아 있던 그런 빛이 몇 이파리 여린 목숨을 여
기 살게 하는 거겠지요

크리스마스로즈 흐린 꽃물이 손가락에 남아 있습니다

 오늘 밤에도 타이가의 바람은 자작나무 흰 숲을 지나 문
틈으로 들이치겠지만

 하라쇼, 붉은 병 속의 크리스마스로즈는 잘 있을 겁니다

체의 마지막 나날들

토막 난 꿈들을 다 이으면 어떤 서사가 될까
꿈의 예보가 궁금해 하나씩 펼쳐보는 아르누보풍의 타로
카드

우르르 우르르 떨어지는 검은 돌들의 길을 말없이 내려
다보았지
바윗돌이 구르는 벼랑은 꿈속에서도 가팔라

녹색 원피스를 입고 허리를 잘록하게 조인 그 여자는
검은 선글라스를 낀 남자와 아이의 손을 잡고 사육제에
가고

중세풍의 코르셋으로 온몸을 조이는 건 그 여자와 나의
취향
그 여자가 당신이라 부르는 당신과 식어가는 식탁은 누
구의 것

손바닥만한 햇살을 찾아 말리는 암녹색의 나물은 겨울철
의 일용할 양식이야
포도 넝쿨 속 물러터진 포도즙이 지붕과 벽을 더럽히는 이
곳이 당신의 거처인가

얇은 벽 너머엔 어른과 아이 또 그 벽 너머엔

　부르지도 못할 이름을 이마에 붙이고 흔들흔들 취해 사
는 사람들

　그런데 당신은 아직도 황혼녘의 우수에 관해 이야기하나

　내가 기억할 수 있는 황혼녘의 나는
　푸른 가면을 쓰고 하모니카를 불던 거리의 악사
　선창의 카페에서 가슴팍에 동백을 꽂고 맨발로 춤추던 카
르멘
　순정한 혼을 꿰어 이리저리 흘러 다니던 불온한 피리쟁이

　해 질 무렵이면 으슬으슬 몸살이 성하지만
　나는 이제 저녁 다섯 시의 우수에 관해 믿지 않는다네

　밤 열 시가 되서야 급하게 어두워지는 다른 땅의 황혼에
관해 생각하며
　황혼 또다시 황혼 쪽으로 돌아앉는 의자들을 보며
　저녁 다섯 시 황혼녘의 우수가 나는 우스워 내일의 날씨
가 궁금해
　흔들흔들 하나뿐인 의자에 걸터앉아 타로점이나 치네

　내일은 불타는 나무, 매달린 광대, 두건을 쓴 은둔자
　어쩌면 내일은, 마지막 체의 나날들

행성 제니스 조플린

검은 콜타르가 칠해진 일곱 겹의 복도를 지나면

보내지 못한 편지로 가득한 방이 있어

손톱 밑에 긴 바늘이 꽂힌 여자 하나

흰 뼈를 달그락거리며 검은 벽 위에 편지를 쓰지

오래전 사라진 도시와 거리의 이름

이제는 흔적뿐인 나라의 우표들

그 여자의 바늘 끝에서 피어나는

먼지 낀 거미줄 속으로

한 번도 읽히지 못한 말들이 사라지고

모렌도 모렌도

제 그늘 깊이

외따로 떠돌던 시간은 봉인되지

희끄무레 말라가는 여자가

달그락거리는 흰 뼈 위에

먼 옛날의 글씨를 쓰면

말들의 무덤 가득 돋아나는 붉은 살별들

이를테면 당신이 알아도 그만 몰라도 그만인

이억오천만 년쯤 된 이야기지

고전적인 발푸르기스의 밤

검은 숲 골짜기 바람이 일어

찢어진 가지 끝에서 우는 꽃 이파리

재가 되어 흩어지는 마른 나무 열매들

끄덕끄덕 회색 베일 속 목을 흔들며

얼굴 두 개 달린 여자

핏빛 입술로 부르는

천 년 묵은 노랫소리

여보세요 여보세요 여보세요

테네브레 독본

안개 모자를 쓴 고양이가 운다
당신은 낡은 드럼 스틱을 지팡이처럼 짚으며
구부러진 계단을 지나 거리 끝의 술집으로 가겠지

라이플은 언제나 무거웠지만 나는 당신의 취향을 안다

화물열차를 타고 연락선을 타고 떠돌던 세상 끝
낡고 헐한 골목 안쪽의 방들
타닥타닥 벽을 두드리며 전 생애를 타전하던 드럼 스틱
소리
쥐 오줌 얼룩진 벽에 기대어 총신을 닦던 밤들을 기억하
는지

이제 당신은 최후의 봉헌을 올리시길
나는 피곤에 절은 머리를 풀고 아름다운 표적을 향해 총
구를 든다

피와 살이 튀어오르던 내통의 밤들
목쉰 휘파람
당신, 내 허물어지는 사원

그럴지라도 데스페라도

한순간도 너를 잊은 적은 없지만
나는 이제 저무는 거리에 혼자 서 있지 못하겠구나

이토록 외로운데 우리
듀엣으로 노래를 부를 수도 없고
함께 승천할 수도 없으니
헤어지는 거리라도 같이 해볼까

돌아올 사람도 기다리는 사람도 없는
겨울 옛집 눈은 희게 빛날 텐데

어디론가 돌아가는 기적 소리 환청처럼 들리고
참기름 콩나물 밥 짓는 냄새
발목까지 흥건하게 고이는 이 거리는
너무 행복해

나는 저무는 거리에 혼자 서 있지 못하겠구나
나는 저물지도 못하는 저녁이구나

산악(散樂)

오늘은 내 마음이 적막하여 네게로 가는 길 쪽으로 지난 겨울 눈들을 쌓아두고 배꽃 날리는 병풍 앞에 앉았으니 저 꽃잎들 피었다 지고 또 지도록 너는 꿈속에서도 나를 찾지 마라

세상과 불화한 내가 홀로 대취해 있을 때 너는 왔었구나 두드려도 들리지 않는 혼몽의 숲을 두드리며 너는 그렇게 왔던 것이냐 세상의 모든 소리가 들리고 다 들려도 나는 아무것도 들리지 않는단다 천리만리 밖을 떠돌던 귀먹은 마음이여 철새는 울다 가는데

그립다는 말 바람결에 돌아오니 능소화 가지마다 불덩이구나 더러 눈시울에 맺히는 것이 툭툭 지는 꽃멍울인지 눈물방울인지 남염부주지 화염산 불속에서 생겨나 서라벌 뒤란을 헤매던 사내도 저보다 붉진 못하리

폭풍추적 전문가

그때 너는 내 몸에 감기던 수초였을까
강기슭에 오래오래 묻혀 있다
내 주머니 속으로 담겨지던 이끼 뒤덮인 돌멩이였을까

몇 번째의 생이었는지
그 강가에서 나는 너를 만난 적이 있다

소설의 주인공이 죽는 장면을 쓰던 밤
비 오는 미라보 다리 위를 밤새 울며 서성였다는 너를 기
억한다
나는 그때 그 다리를 지나 더 먼 강으로 나아가던 그날의
마지막 배

나무에서 떨어진 어린 새를 보랏빛 제비꽃 아래 묻던 여
자아이
한 생이 끝나고 또다른 생을 시작하려는 죽은 새의 뜬 눈

내가 히말라야산맥에 깃든 성스러운 나무를 오르며 몇 통
의 꿀을 모으고 있을 때
너는 천산의 여름 들판 천 개의 꽃들 사이에 벌통을 놓
고 있었다
그때 내 머리칼을 간질였던 건 한입의 꿀을 베어 물며 웃
던 먼 곳의 웃음소리

또 언젠가의 너는 푸른 젤리를 만들어 식탁 위에 올려놓고
네가 가장 아끼는 모자를 쓰고 구두끈을 매었다

텅 빈 식탁을 쏘아대던 한낮의 햇살을
통째 녹아 식탁 아래로 흘러내리던 끈덕진 육신을

달콤하게 얼어붙은 푸른 별빛 속에서
늑대와 같이 우는 사람의 울음소리를
야회가 끝난 새벽 거리 혹독한 추위를 나는 기억한다

그후로도 여러 겹의 생이 지났다
밤의 호랑이에 관한 예언서 갈피 속으로
마술사의 모자에서 날아오르는 비둘기 날개 속으로
사람과 고양이의 시간 사이로

몇 번째의 생이었을까
너는 나를 만난 적이 있다

상강

밤새도록 서리가 내려 내 사랑의 국경에 쌓인다면

지난날 벌판을 떠돌던 마음도

이제는 처마 밑 따스함 속으로 불러들여야 하리

밤새 아궁이에 불을 지피는 마음이야

대책 없이 거절하던 지난 사랑에 대한 미안(未顔)

타닥타닥 못난 청춘을 질책하며 타오르는 자작나무의 자정 불꽃의 0시

말을 타고 떠난 사람은 끝내 말발굽이 가닿는 곳에 당도하리니

사랑의 흔적은 상강의 처마 끝에 풍경처럼 매어두어야 하리

생을 건너는 우리의 마음이 끝내 그러하리니

벌판을 지나 강을 건넌 마음만 밤새 서리 속에 붉어지리

러기드 파이터

누가 수건을 던져야 이 게임을 끝낼 수 있을까
너덜너덜한 글러브 속 손가락은 부러지고
찢어진 가죽 사이 피가 스며 나와
끝이 보이지 않는 광막한 링 위에 서서
하루에도 몇 번씩 해가 지는 걸 봤어
등 뒤에서 슬그머니 떠올랐다 정수리쯤에서 급하게 지
던 태양
한 발자국 앞으로 내디딜 때마다 두 발자국 뒤로 밀리는
건
이곳에 늘 높새바람이 흉흉하기 때문이지
비를 뿌리지 않는 메마른 바람
가슴팍을 떠밀며 보이지 않는 주먹 휘두를 때마다
울컥울컥 흰 수건 위로 토해지는 검은 담즙들
발목을 담그고 다만 서 있는 거야
먼 데서 불어온 바람 저 혼자 깊어지면
차가운 비를 몰아오기도 한다는 풍문에 기대어

심금(心琴)

1

너는 몸이 아프고 나는 마음이 아프니 너와 내가 결의하
면 환(幻)의 제국을 세우겠구나

2

필 줄 모르는 울안의 꽃나무가 가여우니 백사산 성벽 아래
도화 희게 피거든 한 가지 꺾어들고 그대 온다 했지

그 봄 다 지고 봄 속의 봄이 지네 기약도 없이, 한 잠 자고
나면 예까지 밀려와 발등을 깨치는 꽃 비린내 태양 없이 꽃
도 없이 젖어드는 울울한 이파리들

후드득후드득 독(毒)이 찬 이파리 한 줌 훑어 푸른 독물
봄내 들인 화살촉을 빚었지 옹이 품은 가지로 매끈하니 활
을 매고 아홉 개의 홍등을 밟으며 꿈인 듯 그대 곁으로 스
밀 것이니

그대여 부디 활 그림잔지 꽃 그림잔지 창에 어리기 전 지
지 않을 꽃 시절로 후드득후드득 떠나시길

3

　오래된 골목 외등이 비추는 한 뼘의 환함 속에 물기 다 빠진 연탄재 흰 가루 더욱 희게 날리는 봄밤, 낡은 루핑 지붕이 펄럭펄럭 지형이네 국수집 불도 꺼지고 옛날 영화라도 보나 봉창에 불빛만 파래졌다 붉어졌다

　눅눅한 마음을 말리고 싶었지, 지난봄 당도한 빛의 도시에서 내게 주어진 방은 북향이었으므로, 나는 햇살이 창궐하는 태양의 레일을 따라 정처 없었는지도, 그 봄, 빛이 되어준 건 알제리 이민자가 말아주던 한 그릇의 국수, 눅눅한 침대에 걸터앉아 한 병의 흑맥주와 함께 먹으면 어쩌면 빛인 듯 어쩌면 빛일 듯 은잎 아카시아 만발했던 식당의 국수

　그러므로 기억의 봉창 너머 은잎 아카시아가 펄펄 날리누나, 한 모금의 흑맥주가 엎질러진 것뿐인데, 흔전만전 한 기에 취해 실없는 노래나 부르며 환하게도 지누나 환(幻)의 나날들

장미꽃 무늬가 있는
지극히 개인적인 진단서

커다란 가방을 어깨에 맨 구름의 부족들이 다시는 돌아오
지 않을 것처럼 메마른 와디를 향해 침을 뱉고 신기루 속으
로 떠났다 뱉어낼 침도 삼킬 침도 없는 지루한 환절기 목감
기에 걸린 나는 오래된 가방 속 의료보험카드와 반쯤 남은
생수 병을 넣고 일요일에도 진료하는 도시 안쪽의 병원으로
간다 대기실 의자에 앉은 한 여자가 화상을 입은 발등에 하
염없이 식염수를 붓고 있다 그 여자 발등에서 소리 없이 흐
드러지는 장미꽃 이파리 내 목 안에 피어난 반점들 발갛게
부어오른 후두는 몇 도쯤의 화상을 입은 걸까 저절로 과묵
해진 일상을 흥건한 소독 솜으로 적시면 공명되지 않은 소
리들이 모래알 속으로 스며든다 잠 속에서도 목마름은 그치
지 않아 내 안에 살던 낙타는 제 혹을 잘라 먹고 쓰러져 일
어설 줄 모르고 낙타의 뼛가루가 흩어지는 와디 속으로 불
꽃이 인다, 비는 몇 달째 도시 바깥쪽으로만 내린다

청야

지난밤에는 모래로 만든 베개를 베고 안개의 이불을 덮고 잠이 들었습니다

도솔천의 강물 소리를 생시인 듯 들으며 종려나무 우거진 미란의 물길들이며 사시사철 마르지 않는다는 고려국 찬 우물에 관한 꿈을 꾸었습니다

온몸을 채찍질하는 모래비가 내리면 가물거리는 횃불의 불씨를 돋우며 은신처 벽 위에 당신의 얼굴을 그려 넣습니다

왜 미물들은 스스로를 불행에 다 탕진한 후에야 다른 슬픔에 대해 일말의 관심이라도 가지게 되는 걸까요

패엽경을 품고 가는 수많은 여름과 겨울의 국경 내내 당신은 있고 당신은 없습니다

돌아보면 가뭇없는 발자국을 사막의 길 위에 새기며 서쪽으로 서쪽으로 가는 나는 당신의 목마른 각수(刻手)입니다

산사나무가 서 있는 2월의 라면집

흰 비둘기가 시계로 만든 석탑 큰 바늘 위에 앉아 있다
길모퉁이 중국인 식당에서 풍겨 나오는 야채초면 냄새

인도인 락샨의 커피포트 속에는 오늘도 타이 라면이 익
어가고
환승역에 비가 내린다

한밤에도 한낮 같은 물 위의 암스테르담을 지나
일육공 식당 흰 도자기 가득 라면 끓는 소리를 듣고 있
으면
창밖으로 흔들리는 노란 나무 이파리들

엔카가 울려 퍼지는 새벽 두 시의 횡단보도 건너
라멘집 김 서린 창문에는 밤새 불이 밝았다

야광 빛 풀잎 몇 이파리 산사나무 열매즙 몇 스푼을 흩
뿌린
세상의 라면 끓는 냄새가 진동하는 이곳은 자정의 물고
기좌

검은 기타 소리 고요히 울리고
잘 말린 화란인의 잎담배 연기 자욱한
라면국(國) 밀사들의 비트

당신을 위한 암호명은 산사나무가 서 있는 2월의 라면집

이븐바투타行

밤이면 바람이 불었지만
아무도 집으로 돌아가지 않았네

촛불처럼 종일 타오르던 나뭇잎들은
제풀에 지쳐 검은 연기를 모락모락 피워내고
나 그런 길을 갈 때면
무섬증 무섬증이란 말이 절로 떠올랐네

사무치는 것이야 내게도 있었지만
고대 사람의 무덤 속 같은 길을
자꾸만 걸어갔네

홀로 산 자인 나는
컴컴하니 빛나는 달빛을 먹고
무럭무럭 작은 빛들이나 낳아야지

저 너머 고원에선
손등과 손등에 입술을 대며 행복을 나눈다기에
나 안 보이는 입술을 그리며 걸어갔네
저 아닌 길로 가고픈 길들을 나 한없이 걸어주었네

시타르 칸타타

천길만길 갈라진 차도르를 쓰고
하렘을 너머 하늘나리 핀 절벽으로 가는
만삭의 세헤라자데

검붉은 핏방울 지며 가는 그 여자의 머리 위
고요히 흐느끼며 빛나는 관을 든 처녀들

천 개의 달이 졌다

국경수비대
—새들의 북방한계선

　대낮에도 불을 켠 차들이 드문드문 눈발 속으로 사라집
니다
　암회색 먹장구름의 결이 하염없이 풀어지듯
　여러 날을 진눈깨비 눈발과 함께 여기까지 왔습니다

　흙을 다져 만든 오두막의 벽난로 옆에는
　누군가 남기고 간 마른 장작과 말린 옥수수자루
　뜰에는 고욤나무가 자라납니다

　새가 날아와 얼어붙은 까치밥을 쪼아 먹습니다
　언젠가 저런 새를 본 적이 있습니다
　벚꽃이 필 무렵 다 피지 못한 벚꽃 이파리를 쪼아 먹다 날
아간 새

　새는 한 번 앉았던 가지에 다시는 앉지 않겠지만
　제 가지 위를 서성이다 날아간 새에 대한 기억으로
　나무는 또 하나의 나이테를 늘릴 것입니다

　빈 들의 울음소리가 가까운 밤이면
　듬성듬성 문에 붙어 있는 희고 검은 짐승의 털
　불빛 속으로는 더이상 다가오지 않던
　세 이파리 서리꽃 모양의 발자국이 눈에 가득합니다

가끔은 등 뒤에 두고 온 것을 멀리 바라보거나
쌓이는 눈을 치워 길을 내보기도 하지만

얼어붙은 개울을 깨고 길어온 물로
몇 알의 옥수수 알이 다 풀어지도록 수프를 끓이거나
찻물 끓는 소리 바람 소리를 헤아리며
깃털 펜으로 물 그림을 그려보는 날들이 많습니다

마지막인 듯 맨 처음인 듯한 날들
새가 제 깃털을 물고 어둑한 골짜기를 건너갑니다

유령과 함께 잠들기

너는 천천히 벽 쪽으로 다가갔다
벽에 등을 기대고 조금씩 주저앉았다
두 손으로 머리를 감싸고 무릎 사이로 묻었다

한 장의 담요를
제국의 휘장처럼 어깨에 두르고
오래도록 코피를 흘리던 밤

내 모습을 무심히 비추는 밤의 유리창과
유리창 너머 불빛이 돋아나는 강변을 바라보며
이 도시를 그리워할 수도 있으리라는
생각을 한 것도 같다

다시 얼어붙기 시작하는 강물

겨울새들이 제 그림자 속을 맴돌고 있을 때

나쁜 피

어떤 약속도 없이 밤이 오고 아무런 기별도 없이 허기가
졌어

식욕부진과 어지럼증의 날들이지만 느닷없는 식탐은 시나
몬 가루가 눈발처럼 쌓이고 애플잼 한 방울이 핏물처럼 맺
힌 도넛을 찾아 영하 십이 도의 밤거리를 헤매게 했던 거야

덧문이 내려진 상점을 바라보다 불이 켜진 다른 곳을 찾
아 배회할 때 맹렬해진 식탐은 색 전구를 가득 품고 있던
불 꺼진 루미나리에 불임의 빛을 한꺼번에 다 피워낼 것도
같았지

그 거리 어디에나 나부끼던 십 분 내 배달 가능이라는 야
식 전단지 몇 장을 품에 안고 돌아왔어 내게 희극적인 게
있다면 당신보다 일 도쯤 낮은 체온과 시도 때도 없는 허기
가 아닐까

손톱이 다 빠지도록 제 살을 파먹다 얼어 죽을 내 안에는
아홉 번 고쳐 죽은 아귀가 살아

**얼음 속에 갇혀 오래 굶주린 북극의 썰매 개들은
제 목덜미의 가죽 줄을 씹어 먹는다**

아열대의 바람이 지나가자 빙하기의 바람이 몰아쳤다

쉴 새 없이 비명을 질러대는 시속 300킬로미터의 눈보라

통점을 찌르며 핏속을 둥둥 떠다니는 얼음 조각들

어떤 상징도 은유도 없이 칠 일째 폭설이 내리고

크레바스에 갇혀 우는 얼굴 반쯤 지워진 여자

그 거리 남겨진 마음이 돌아오지 않는다

이 밀지를 처리하시오

까마귀가 나는 들판에서 37세의 나이에 자신의 가슴에 총을 쏘아 자살했다는 남자 (반 고흐)

1888년 2월 20일 눈 덮인 거리―턱수염을 기른 한 남자가 도착한 역 (아를)

론 강의 별이 빛나는 밤―나는 지금 감히 말하건대 종교가 필요하다 그래서 밤에 강으로 나가 별을 그린다, 별들 속에 희망이 있다

까마귀가 나는 바람 부는 밀밭에 서면 누구라도 자살의 충동을 느끼지 않을 수 있을까

그는 낮에는 회사 중역으로 프록코트를 걸친 중상류층 인사였다 그러나 밤에는 혁명적 사회주의자로 하층민들을 옹호하는 열렬한 사도였다

두 세계를 넘나들며 살아야 한다는 것은 피곤한 일이었다

반듯한 겉모습과 개인적 신념 사이의 모순이 커지면서 자주 아프고 우울해졌으며 신경쇠약에 시달렸다 (리산 혹은 엥겔스)

*

악공은 연주를 시작했고 때론 침묵했다
어디서 왔는지 어디로 가는지
마지막 담배를 말며 순례자는 말이 없었다
침묵도 감동적인 음악이었지만
묻거나 대답하고 싶지 않으니 우린 모두 침묵할 뿐

작은 걸상을 들고 밤새 걸어 다닌 꿈속엔
부추가 자라는 뜰과 허물어진 계단
불태워질 책들과 노트
입을 다문 내가 한 겹의 옷과 바꾼 도주로를 통해
작은 걸상을 메고 어디론가 가고 있을 때
이편과 저편에는 벌거벗은 한 떼의 남자와 여자 들

고장 난 전화기를 들고 낯설고 더러운 역에 도착해
서로 엇갈려 다시는 연락할 방법 없는 누군가를 찾다가
교양 있는 도둑이 내 작은 걸상을 훔쳐간 걸 알았지
텅 빈 어깨의 나는 무엇부터 찾아야 하나
이 강 같은 평화를 당신과 나누어 먹고 싶네

두통에는 두통약을 감기에는 감기약을
정체불명의 몸살에는 매운 볶음이나 먹으며

나는 슬픈 건달이나 될 것 같으오
어느 엔트리에도 포함되지 않은
무슨 무적의 시들시들한 선수가 되어
나는 슬프고 웃긴 황야의 수탉이나 될 것 같으오

헌데,
이 밀지를 처리하라니
뭘, 이런 걸 다

음악의 없음

어쩌면 모든 것이 헛것인지도 모르겠다 눈보라를 뚫고
도착한 기차와 기차에서 내린 사람 아주 멀리까지 간 이에
겐 집을 내주지 않는 무슨 코뮌주의자들의 눈 내리는 마을

자정이 가까워질 무렵 공습이 시작되었다 가슴에 별을
단 남자들과 그들을 향해 또다른 별빛을 쏘아 보내는 헐벗
은 여자들을 나는 보았다 누군가 한 번의 종을 치면 약간의
담배와 몇 모금의 술을 나누어주었고 몇 발의 포성이 울리
면 침실에서 해변에서 기차역에서 아홉 번의 생을 마감하
는 부랑하는 혼이 있었다 노래하거나 노래하지 않는 소리들
을 헤아리며 흘러내린 촛농 위에 흔들리는 촛대를 눌러 세
우며 마지막 잔이 다 비워지지 않도록 서로의 잔을 나누어
마셨다 눈보라 눈보라만 속수무책 밀려오던 밤 자정이 넘
도록 오지 않는 사람들이 있었지만 그들의 부재에 관해 아
무도 묻지 않았다

고향에서 슬픈

맨발로 가속페달을 밟으며 달려보아도
끝내 닿을 수 없는 곳은 있지만
나는 고향에서 슬픈 사람

야생초 향기 멀리 푸르른 날엔 몸이 더욱 아파오고
전갈좌가 빛나는 겨울 장마 오래도록 뒤척였네

아직 기억하는 몇 소절의 곡조와 한 통의 술이 있어
달빛이 범람하는 강물 건너
한밤중 고양이들의 도시로 가지만

어깨를 스치며 비껴간 너는
또 몇 번째의 머리카락으로 만든 사람이었을까

좀처럼 잡히지 않는 주파수를 더듬으며
세상의 모든 음악을 듣는 상강도 다 지난날들

한쪽 뺨에 난 흉터를 옷깃으로 감싸고 날마다 깊어지는
흑밤
잠보다 먼저 허기가 오고

나는 고향에서 슬픈 사람
나의 나를 추억 속에 다시 보네

리산

밥 말리는 제 이름이 아닙니다
저는 아직 제 이름을 알지도 못합니다
1976년의 밥 말리는 이렇게 말한 적이 있습니다

경성을 떠나왔습니다
조국의 들판은 겨울이 한창이고
일생에 단 한 번 험한 길을 여행하고
다시는 되돌아가지 못했다는
낙타며 노새 들 생각이 났습니다

눈벌판을 내내 달려와 반쯤 멀어버린 두 눈에
산림조합 산불조심 흰 기둥에 쓰인 초록 글씨가 보이면
비로소 귀환하고 있다는 생각이 듭니다

나뭇가지에 쌓인 눈은 안개처럼 풀어지고
짐작으로만 알 뿐인 짐승들 검은 울음소리
겨울 숲을 떠나 배고픈 새들이
또다른 겨울 숲으로 허기져 날아갑니다

떠돌이 이야기꾼의 끝내 헛것일 뿐인 이야기에 취한 듯
두고 오다와 남기고 오다의 차이를 생각하며 지나가는
한 시절

땔감을 울타리처럼 쌓아놓은 들판의 집에선 종일 연기가
오르고
그 문의 안쪽으론 눈구름을 머리에 인 산이 보입니다
이지러지고 뭉개진 채 꿈에서도 제 경계를 보이지 못한 산
그래서 나도 묻지 않았습니다
담배가 없으니 울지도 못하고

시는 어떻게 혁명에 관여하나

성기완(시인)

리산 시인의 시집 『쓸모없는 노력의 박물관』은 시가 어떻게 혁명에 관여하는지 잘 알려준다. 그의 시적 성취는 최근의 한국 시단에서 부각되고 있는 새로운 시적 혁명이 어떻게 전개되고 있는지를 확연히 드러낸다. 가장 중요한 질문을 하자. 요즘, 또한 앞으로, 시에 있어서의 혁명은 어떻게 현실화될 것인가. 한마디로 시인은 말하지 않음으로써 시적 혁명에 참여한다. 그렇다면 무엇이 '말하지 않음'인가가 핵심이다. 지금부터 '말하지 않음'에 관하여 리산 시인의 시집을 통해 말해보겠다. 말하지 않음을 말함으로써 리산 시의 실체에 다가가고 동시에 우리 시의 미래를 가늠할 수 있게 되길 바란다.

1

시인은 말하지 않는다. 시인은 벙어리가 아니다. 그러나 말하지 않는다. 시인은 벙어리가 되지 않기 위해 말을 안 한다. 시인은 침묵하는 사람이 아니다. 시인은 말하지 않을 때만 침묵하지 않을 수 있다. 떠들면 떠들수록 침묵하게 되며 그럴수록 시는 멀어져만 간다. 말하는 사람들은 시를 듣지 못한다. 시인은 시를 듣기 위해 아무 말도 하지 않는다. 시가 들린다는 것과 말이 사라진다는 것은 동의어다. 반대로 시가 사라진다는 것과 말이 들린다는 것 역시 동의어다. 시인은 시가 침묵하지 않도록 하기 위해 잠자코 있다. 시인은 가만히 있는 사람이다. 시인이 가만히 있는 것은 침묵이 요동치지 않도록 하기 위해서다. 침묵은 시인의 적이다. 침묵은 우주와 초월을 강요한다. 침묵하자고 말할 때 가장 시끄럽다. 말하지 않을 때 거짓 침묵은 사라진다. 말하는 사람들은 벙어리다. 입을 벌려서 밥을 먹고 턱을 놀려서 고기를 잘근잘근 씹어 먹는 우리들이, 바로 그 입과 그 입에 들어 있는 혀를 날름거리며 하고 싶은 말을 끊임없이 떠벌일 때 침묵은 고개를 든다. 그때 우리는 아무 말도 하지 않게 된다. 아무 말도 하지 않는 사람이 되지 않기 위해 시인은 아무 말도 하지 않는다. 사람들을 설득하기 위해 떠드는 순간 침묵은 찾아온다. 회유하기 위해 떠드는 순간 침묵은 찾아온다. 자랑하기 위해 떠드는 순간 침묵은 찾아온다. 설명하기 위해 떠드는 순간 침묵은 찾아온다. 시인은 그 누구도 설득하지 않는다. 시인은 그 누구도 회유하지 않는다. 시인은 그 무엇도 자랑하지 않는다. 시인은 그 무엇도 설명하지 않는다. 설득하기 위해 입을 벌릴 때 시는 사라진다. 회유하기 위해 혀를 놀릴 때 시는 사라진다. 자랑하기 위해 목청을 돋울 때 시는 사라진다. 설명하기 위해 말을 정리할 때 시는 사라진다. 말을 하려고 말을 꺼낼 때 시는 사라진다. 말을 사용할 때 시는 사라진다. 말을 지불할 때 시는 사라진다. 사라진 시는 말하지 않음 속에 있다. 말 속에서는 사라진 시를 찾을 길이 없다. 말을 하는 시인은 자신을 속이는 시인이다. 그렇

게 시를 속이고 시를 쓰는 사람들이 있으니 시인은 바로 그
사람들을 살해한다. 왜냐하면 그 속에 시는 없기 때문이다.
시인은 말의 살해자다. 시인은 말을 죽인다. 말을 죽이지
않고서는 시인이 될 수 없다. 시인은 말 앞에서 총을 쏜다.

　　말하자면 나는 옛날 거닐던 강가 안개와 바람을 먹이는
한 마리 검은 짐승 제 발자국 안에 제 발자국을 새기며 걷
는 천천히 눈멀어가는 저격수
—「그리워라 애니 로리」 부분

시인은 말을 저격하고 말의 목을 친다. 시인은 말의 목
을 조른다. 시인은 말을 강간한다. 그것이 "우리는 말을 했
다"(「오드 아이」)의 참뜻이다. 혁명을 준비하고 있는 견습
생은 다음과 같이 말의 순서와 문법을 살해함으로써 말문
을 닫는다.

　　나는 습관적으로 늘 뒤에 창문 맞은편과 벽난로 이 아
름다운 사람은 무엇 때문에 나는 이해합니다 그리고 상쾌
한 기분으로 이보다 어려운 환경에서 쓴 둘 사이의 투쟁
이 현재에 걷잡을 수 없는 충동이 넘쳐나는 시와 산문처
럼 (중략) 이것은 새로운 사상에 대한 폭풍우가 휘몰아치
는 강에서 나는 슬픈 시간을 많이 겪었지만
—「혁명 에튀드」 부분

시인은 자신의 죄를 말하지 않는다. 시인은 어떠한 경우에
도 묵비권을 행사한다. 묵비권은 살해의 유일한 증거다. 살
해의 행위만이 시의 증거다. 그 행위는 말해질 수 없다. 묵비
권의 행사만이 시의 유일한 방법이다. 시는 말하기가 아니라
'말하지 않기'의 한 방법이다. 말이 사라진 자리에 시가 있
다. 시인이 혁명에 관여하는 방법은 바로 말을 사라지게 하
는 것이다. 시인이 혁명에 관여하는 유일한 통로는 '말하지
않기'라는 실천이다. 그러므로 말하지 않는 시인은,

　불행하게도 더할 나위 없는 내 심장에서는 피가 철철
<u>흐르고</u>

—「혁명 에튀드」 부분

2

시인은 말하지 않음으로써 야기되는 '불행'으로 혁명에
관여한다. 말하지 않기는 어떤 "더할 나위 없는" 상태의 뇌
관을 때리고 그때 언어는 폭파되고 시가 태어난다. 반대로
말하면, 시가 폭발할 때 언어는 가장 아름다운 상태에서 사
라져버린다. 시인은 그 '상태'를 불행이라 이름 짓는다. 그
상태에 머무는 동안만 시인은 시인이다. 그 상태를 위해 말

의 이쪽에서 피신하여 국경을 넘어 "세상 저쪽"으로 사라지는 방랑을 통해서만 시인이다. "영영 결항된 채로 담담해질 이름"으로 살아갈 것을 결심하는 순간에 시인이다. "숲으로도 도시로도 닿지 않은 그런 곳"(「국경 트레일러 남쪽」)으로 가는 수밖에는 없을 때, 바로 그때 시인은 혁명에 관여한다. 그때 시인의 심장에 "피가 철철 흐르고" 그 피가 고여 혁명이 된다. 시인이 관여하는 혁명에는 말이 없다. 아무도 그 혁명의 방송을 듣지 못한다. 힙합 그룹 '퍼블릭 에너미(public Enemy)'의 랩처럼, "혁명은 중계되지 않는다(revolution will not be televised)".

불행은 불화에 의해 생성된다. 근본적으로 시인의 불행은 말과의 불화에서 생긴다. 말하지 않는다는 서약으로부터 시가 탄생하기 때문에 시인은 불행하다. 말하지 않기 위해 시를 쓰는 행위 자체에 의해 불행하다. 말을 살해하기 위해 말을 사용하는 조건 자체에 의해 불행하다. 묵비권으로 침묵을 살해한 피의자라는 신분 자체에 의해 불행하다. 말하기 좋아하는 사람들은 불행의 원인을 '세계와의 불화' 속에서 찾는다. 그러나 시인의 불행은 세계와의 관계 이전에 스스로 존재한다. 그래서 시인은 "고향에서 슬픈 사람"(「고향에서 슬픈」)이다. 불행은 시인이 자신과 맺은 탄생의 계약이다. 시인은 자살에 이르지 않기 위해, 다시 말해 시를 죽이지 않기 위해 불행을 받아들인다. 시인은 시인이 되기 위해 말을 살해한다. 말의 사라짐을 받아들이는 순간 시인은 불

행해지고 그 불행이 시를 집행한다. 시인이 시를 쓰는 것이
아니다. 단지 불행이 시를 집행할 뿐이다. 불행은 시인을 위
대하게 만든다. 불행은 시적 테러를 방관한다. 불행은 사라
짐을 사주한다. 불행은 살인자의 몽타주에 드리워져 있다.
불행은 이미 얼굴에 그려져 있다. 불행은 시인을 떠나도록
만든다. 불행은 시인더러 집시가 되라고 명령한다. 말의 추
적을 따돌리기 위해 떠돌이가 되라고 시인을 부추긴 것은
바로 불행이다. 불행은 발각되지 않도록 평범함을 위장하라
고 시인에게 권고한다. 그러면서도 불행은 끊임없이 시인
과 교신한다. 불행은 "타닥타닥 벽을 두드리며" 시인의 "전
생애를 타전하던 드럼 스틱 소리"(「테네브레 독본」)로 시
인과 내통한다. 시인은 불행의 신호를 "날짐승 우는 강둑에
앉아 이리저리 맞추어보는 해적방송의 주파수"(「벨벳 언더
그라운드」)로 감지한다. 시인에게 불행은 육체적이거나 물
질적인 것만은 아니다. 불행은 암호화되어 있다. 불행은 허
물기를 통해 집을 짓는 사람이 사는 집이다. 불행은 집 없
는 사람들의 집이다. 불행은 시인의 집이다. 불행은 시인의
말구유다. 시인은 불행의 크리스마스를 영원히 즐긴다. 시
인은 "이제는 멸종된 크리스마스 섬의 미물들"(「국경 트레
일러 남쪽」)과 축배를 든다. 시인은 불행의 생일 축하 엽서
를 받는다. 불행은 시인에게 훈장을 수여한다. 불행은 시인
을 격려한다. 시인은 불행에게 고마움을 느낀다. 불행은 시
인의 유일한 친구다. 시인에게 불행은 행복의 조건이다. 시

인은 불행을 노래한다. 시인은 불행을 노래함으로써 언어를
사라지게 만든다. 그것은 마치 사라져버린다는 조건을 받아
들이는 한에서만 음악이 존재하는 것과 비슷하다. 다시 말
하면 쉼표를 긍정하는 한에서만 음표가 존재하는 것과 같
다. 노래한다는 것은 사라짐을 받아들이는 일이다. 지금 이
순간 모든 것이 사라진다는 바로 그 사실을 끊임없이 긍정
하지 않고 노래를 부를 수는 없다. 노래는 죽음으로부터 나
온다. 음악은 없음에서 온다.

　　어쩌면 모든 것이 헛것인지도 모르겠다 눈보라를 뚫고
도착한 기차와 기차에서 내린 사람 아주 멀리까지 간 이에
겐 집을 내주지 않는 무슨 코뮌주의자들의 눈 내리는 마을
—「음악의 없음」 부분

　　그리움은 사라짐에서 온다. 근본적으로 노래와 시의 존재
방식은 같다. 시 역시 죽음으로부터 나온다. 시의 그리움은
사라짐에서 온다. 불행은 불가능으로부터 유래한다. 그 불
가능의 조건으로 귀향할 때 불행은 방법이 된다. 불행 속에
서 시가 싹튼다. 불행 속에서 시인은 목소리를 얻는다. 불행
만을, 시인은 노래한다. 그것이 바로 "테네브레 독본"이다.
불행은 시인에게 은밀하게 명령한다.

　　이 밀지를 처리하시오

—「이 밀지를 처리하시오」 제목

시인은 이렇게 답신을 보낸다.

수신되지 못하고 떠돌던 모스부호들이 별처럼 쏟아지는
정박지의 밤이 있다 당신과 내가 세상 끝에서 타전한 침묵
의 변주를 듣게 되는 밤이 있다

—「국경수비대—무어인의 달력」 부분

3

시인은 '발설(發說)'하지 않고 '발향(發響)'함으로써 혁명
에 관여한다. 시인은 절대로 뜻을 말하지 않는다. 뜻을 설명
하는 것은 말하기의 한 방식이기 때문이다. 발설하는 순간
시인의 혀는 잘린다. 뜻을 말하는 것은 언어의 인터뷰 요청
을 받아들이는 것인데, 그 순간 시인은 불행으로부터 버림
받는다. 불행은 뜻을 발설하는 시인을 집요하게 쫓아다녀서
결국엔 해고통지서를 발부한다. 사실 세상에는 그 해고통지
서를 받아들고도 시인인 척하는 사람들로 우글거린다. 그들
은 여러 의미로 불행과는 거리가 멀다. 그들은 자신이 시인
이라고 떠벌리고 다닌다. 그러나 불행하게도 그렇게 떠드는
사람들 중에 시인은 단 한 명도 없다. 발설한 자는 시인의

목록에서 제외된다.

가령 '민주주의'라고 해보자. 타는 목마름으로 그렇게 발음해보자. 어둠 속에서 남몰래 그렇게 해보자. 시인은 그렇게 목청을 울려 발향했다. 감히 아무도 그 소리를 내지 못하던 때가 있었다. 그 말 한마디를 말하지 못하던 침묵의 시대가 있었다. 시인의 목소리는 그 소리를 입 밖으로 튀어나오게 했다. 오직 시인만이 그렇게 했다. 그것은 모든 말의 바깥, 아무리 떠들어도 울리지 않는 어떤 거세된 목청의 바깥에서 울려나왔다. 그 목소리는 말의 바깥에서 터져나왔다. 그 목소리는 말의 모든 의미에서 당대의 말을 정지시킨다. 막걸리 집에서 즐겁게 떠드는 우리 모두의 기만을 드러내며 말을 살해한다. 그때 사람들은 두려움에 떨었다. 민주주의, 라는 발음과 하나인 그 '뜻'을 물질적으로 만질 수 있도록 만드는 시인의 살해행위 앞에서 비로소 그 존재를 알았다. 불행이 시인에게 그런 목소리를 주었다. 말의 앞잡이들은 시인의 목소리를 제거하려고 시인의 성대에 칼을 들이댔다. 시인은 남몰래 쓰고 모든 사람들이 보는 앞에서 잡혀갔다. 말이 횡행하자 시는 사라졌다. 그러자 민주주의도 사라졌다. 민주주의는 말뿐이었다.

별이 안 보일 때, 사람들에게는 별이 필요하다. 뜻이 안 보일 때, 목소리는 뜻을 드러낸다. 말이 뜻을 말하지 않을 때, 목소리는 발음으로 뜻을 응어리지게 한다. 그러나 그러한 시대는 갔다. 이제 뜻은 시를 굳은 덩어리로 만들고 사람들을 억압한다. 사람들은 지나치게 과도하게 뜻을 누린다. 누리다 못해 뜻의 억압을 받는다. 아무도 강요하지 않지만 이미 정해져 있는 이력서의 항목들이 사람을 미리 규정한다. 그 항목을 채우기 위해 삶은 소비되다 못해 탕진된다. 취직, 면접, 노령연금 등등 구획선 안으로 자신을 끼워맞추기 위해 삶은 훼손당한다. 거추장스러운 그 규정들과 가시적인 생활의 범주들이 자꾸 사람들에게 말을 시킨다. 자기소개서를 쓸 때만큼 나 자신이 침묵하는 경우란 없다. 자기소개서에 내 목소리는 눈곱만큼도 없다. 제도화된 목소리에는 뜻만이 존재한다. '직업을 달라'는 뜻만이 있을 때, 결국 그것을 발설하는 목소리 안에서 시는 사라진다.

지금, 시는 단지 목소리로 혁명에 관여한다. 시인에게 말은 발설되지 않고 그저 "펄럭"(「그리워라 애니 로리」)인다. 그 펄럭임은 뜻보다는 발음에 더 가깝다. 시인에게 시는 뜻의 운송수단이 아니라 발성기관이다. 그렇다고 뜻이 아주 없다는 것은 아니다. 아예 뜻을 빼버린 헛소리를 시와 동일시하는 사람들이 있는데 그것은 생각이 짧아서다. 말하기 좋아하는 사람들은 멜로디와 리듬을 잊어버리고 가사만 외우는 일에 익숙하다. 발성기관은 시의 옷자락을 붙들고 멜로디와 리듬에 올라타라고 부추긴다. "어디론가 돌아가는 기적 소리"(「그럴지라도 데스페라도」)의 환청이 들린다. 목소리는 환청이다. 안개 속으로 사라져가는 그 목소리에서 뜻을 구별해내려고 하지 말고 목소리의 환영을 있는 그대

로 받아들일 때, 목소리는 정해진 노래도 아니고 시도 아닌,
어떤 펄럭임으로 존재한다. 그 펄럭임은 뜻의 억압으로 부
자유스러워진 말을 해방시킨다. 말에서 뜻을 제거하는 순간
말의 뇌관이 터지고 시는 작열하면서 말이 사라진다. 그것
이 목소리가 혁명에 관여하는 방식이다. 목소리가 세운 시
의 나라는 "환(幻)의 제국"(「심금(心琴)」)이다. 시인은 꿈
속에서 마주치는 모호한 이야기의 화자다. 목소리는 "시도
노래도 아닌 혼잣말"(「테일러주의자들」)이다.

　　　청계천은 내린천 내린천은 타호강 타호강은 북한강
　　　　　　　　　　　　　　　—「테일러주의자들」 부분

　시는 헛된 끝말잇기다. 시는 언제나 당대의 말의 방식을
지운다. 불행은 헛된 끝말잇기를 통해 뜻을 무너뜨리라고
명령한다. 지금 시라는 발성기관이 혁명에 관여하는 방식
은 깃발이 펄럭임으로써 혁명을 알리는 것과 같은 방식이
다. 펄럭일 때 깃발은 발성기관이다. 말이 깃발처럼 펄럭일
때, 말이 바람처럼 윙윙댈 때, 말이 물소리처럼 흐를 때, 말
이 새벽의 산처럼 다가올 때, 말이 새소리처럼 노래할 때,
말이 야옹댈 때, 말이 구름처럼 흩어질 때, "타오르는 사육
제의 날들 오 레이 오 레이 캐스터네츠를 두드리며 샹그릴
라 잎담배를 말며 탕헤르 탕헤르를 향해 가던 재투성이 그
여자"(「국경수비대―무어인의 달력」)처럼, 시인은 말을 버

리고 목소리를 얻는다. 시인은 뜻의 세계에 살지 않고 '목소리의 세계'에 산다. 불행은 시인에게 좀더 뜻없이 노래하라는 교신문을 보낸다. 없음의 음악으로 언어를 공습하라고 알린다.

자정이 가까워질 무렵 공습이 시작되었다 (중략) 눈보라 눈보라만 속수무책 밀려오던 밤 자정이 넘도록 오지 않는 사람들이 있었지만 그들의 부재에 관해 아무도 묻지 않았다
—「음악의 없음」 부분

이처럼 자정 무렵, 목소리의 세계에 무겁고 불편한 뜻이 어정거리는 것을 시인은 눈감아줄 수 없다. 다시 말해 '말하지 않음'은 목소리를 회복하는 일이다. 의미의 방파제를 걷어내고 순간적인 사건 그 자체로서의 목소리를 통해 휘몰아치는 바람이 되는 것. 그것이 시인이 할 일이다. 리산 시인 역시 그 소명을 향해 온몸을 던져 떠난다.

리산 2006년 『시안』으로 등단했다. 센티멘털 노동자 동맹 동인으로 활동중이다.

문학동네시인선 043
쓸모없는 노력의 박물관
ⓒ 리산 2013

1판 1쇄 2013년 5월 31일
1판 3쇄 2026년 1월 27일

지은이 | 리산
책임편집 | 김필균
편집 | 김민정 강윤정 김형균 유성원
디자인 | 수류산방(樹流山房) 본문 디자인 | 유현아
저작권 | 박지영 형소진 주은수 오서영 조경은
마케팅 | 정민호 서지화 한민아 이민경 왕지경 정유진 한경화 정경주 김혜원
          김예진 이서진
브랜딩 | 함유지 김은솔 박민재 이송이 박다솔 조다현 김하연 이준희
제작 | 강신은 김동욱 이순호
제작처 | 영신사

펴낸곳 | (주)문학동네
펴낸이 | 김소영
출판등록 | 1993년 10월 22일 제2003-000045호
주소 | 10881 경기도 파주시 회동길 210
전자우편 | editor@munhak.com
대표전화 | 031) 955-8888 팩스 | 031) 955-8855
문학동네카페 | http://cafe.naver.com/mhdn
인스타그램 | @munhakdongne 트위터 | @munhakdongne
북클럽문학동네 | http://bookclubmunhak.com

ISBN 978-89-546-2155-7 03810

* 이 책의 판권은 지은이와 문학동네에 있습니다. 이 책 내용의 전부 또는 일부를 재사용하
  려면 반드시 양측의 서면 동의를 받아야 합니다.
* 이 시집은 2010년도 서울문화재단 문학창작활성화지원금을 수혜하였습니다.

잘못된 책은 구입하신 서점에서 교환해드립니다.
기타 교환 문의: 031) 955-2661, 3580

www.munhak.com

문학동네